사랑이란 마음

김월한

김월한 제1시집 | 영취산 진달래 | 북랩 |
김월한 제2시집 | 그 시간들 속으로 | 문학애출판사 |
김월한 제3시집 | 바람의 섬 | 홍두깨 |
김월한 제4시집 | 못다한 시간 | 홍두깨 |
김월한 제5시집 | 시인의운명 | 도서출판 그림책 |
김월한 제6시집 | 사랑하는 마음 | 도서출판 그림책 |

김월한 제 6 시집
사랑하는 마음

초판 인쇄일 2023년 3월 1일
초판 발행일 2023년 3월 1일

지은이 김월한
펴낸이 장문정
펴낸곳 도서출판 그림책
디자인 이정순 / 정해경
출판등록 제2010-000001
주소 경기도 수원시 영통구 이의동 웰빙타운로 70
연락처 TEL070-4105-8439 (010)2676-9912
E-mail : khbang21@naver.com

사랑하는 마음

김월한

권두언

나는 상업적 글엔 전혀 관심이 없다. 여섯 권째 시집을 내면서 들어간 시간과 비용에 비하면 책은 전혀 팔리지 않았다. 단지 취미 삼아 쓴 것일 뿐이며 나이가 들어 모든 경제활동을 접은 상태에서 약간의 연금 등으로 생활하면서 혼자 노는 방법을 선택하였을 뿐이다. 그러나 詩 속에 시간의 길이는 내가 살아온 날들로 계산될 수 있겠다. 그 세월을 견디고서야 이해할 수 있는 것들로 혹은 가슴으로 보이는 것들로 표현하였던 것뿐이며. 아내, 한 사람의 지고지순한 사랑을 돌아보며 그때 만약에 이랬더라면 하는 가상 속에서 애를 태우기도 하였다.

세월이 흐르면 자연스레 잊히는 게 당연할진대 어떤 것들은 사진처럼 선명하게 남아 있는 것도 있다.

살아온 동안의 괴로움도 즐거움도 슬픔도 기억되는 모든 것들을 끄적였다. 대부분 누구에게나 그러한 세월이 있었을 거라 생각하며 적어 보았다.

아무쪼록 여러분 모두들 늘 행복하시고 건강하시길 기원합니다. 그리고 끝까지 읽어주심을 진심으로 감사드립니다. 여러분의 행복을 다시 한 번 진심으로 기원합니다.

김월한 제 6 시집

사랑하는 마음

사랑하는 마음

김월한

사랑하는 마음

붉은 비단 같은 노을이 서녘에 걸리도록
당신과 살아온 세월은
나비처럼 유유자적^{悠悠自適}하였다

별빛조차 차디찬 긴 겨울밤
사랑하는 마음은
밤하늘 유성처럼 가슴으로 쏟아지고

세월을 빈 독에 채운 채
병든 몸 되어 비틀거릴지라도
사랑하는 마음만은 여전히 샛별처럼 빛난다

이제는 사라진 온기, 나목 같은 곱은 손으로
더는 예전처럼 당신의 손을
따뜻하게 데워줄 수는 없겠으나

지금도 늙은이의 가슴이 설레는 그대 모습에
사랑하는 마음은
날이 갈수록 더욱 깊어만 간다네…

춘래불사춘 ^{春來不似春}

한겨울, 봄은 먼데 벌써 마음은 봄의 뜨락을 걷는다
매서운 추위로 영영 오지 않을 것만 같은 봄날

그러나 봄이 오는 길목마다 추억의 이삭들 같은 잔상의 여운
기쁨은 가고 쓸쓸함만 남는 세월의 뒷모습들은

봄이 오면 채울 수 없는 그리움으로
꽃잎의 이슬 같은 눈물로
늙은 순례자의 마음에 공허함만 남긴다

꽃들은 봄이 온 것을 알리지만 춘래불사춘이라
눈길은 먼 산을 바라볼수록
사슴의 슬픈 눈을 닮아간다네

한라산 영실 길

달 밝은 바다 위에 위엄威嚴스러운 한라산
꿈에서나 걷기를 소원하던 천상의 길
제 복에 겨워 눈물로 걸어야 하는 한라산 영실 길

두 발로 걸을 수 있을 때까지가 인생이라
고희를 넘긴 노인의 발자국마다 감동의 눈물로
살아 거닐 수 있음에 감사하다

하늘이 내린 복으로 동반자와 함께 영실을 오르며
눈물로 고백 하나니
임이시여!
산상에서 부는 바람이 어찌 이토록 부드러운지요?

내가 사는 그날까지 인생을 즐기는 것 중 하나는
가보지 않은 곳을 가는 것이라
오늘 내가 의를 지켰듯 내일도 결을 지키게 하소서

아내 그리고 유선이와 함께여서 행복했다

당신의 헌 신발은 어떤 길을 걸었습니까?

수많은 시간을 밟고 온, 헌 신짝
어떤 길을 걸어왔는지 제 운명이 보인다

도덕과 양심을 짓밟고 온 신발
제비족과 꽃뱀의 구두, 도둑놈의 운동화

질곡의 길로 자식 사랑을 걸어오신
아버지의 검정 고무신 어머니의 하얀 고무신

아 그러나 이런들 저런들 어쩌랴
그저 주어진 운명의 순례였을 뿐인 것을

다만 해 뜨는 미래의 시간으로
형으로부터 물려받은 아기 노랑 고무신만

순수의 시간 앞에 선, 아이들 모습으로
날마다 묵언의 기도로 해가 저물 뿐이라네…

가을밤

바람 한 점 없는 가을이 고요하다
구름도 나처럼
세상을 느리게 흐르며

세상을 홀로 지나는 노객에게
할 말이나 있는 것처럼
가을은 속절없이 깊어만 간다

스스로
영속^{永續}에 꿈을 꾸다
잠들게 하는 쓸쓸한 가을밤,

등짐으로 그리움 하나 채운 채
잃어버린 세월을 찾아
기억으로 먼 시간을 떠난다네

두륜산 천국의 계단

두륜산을 낮게 넘는 둥근 달
나뭇가지마다 내 마음처럼 조각난 채 걸려있다

밤에 빛나는 별들처럼
많은 시간을 보낸 세월의 가지에 걸린 시구들

詩는 상상의 언어이며 자신과의 밀어다
돌아보는 글들이 지친 마음을 씻어 주기도 하지만

더는 갈 수 없는 생의 길목에서
감당키 어려운 삶의 무게가 느껴질 무렵

해남 두륜산 정상으로 오르는 천국의 계단 끝이
내 거처인 것처럼 보인다

나비 같은 몸짓으로 생의 유희 나빌레라
저 높은 두륜산 천국의 계단 끝을
끝없이 맴돌아 간다네

running of time

젊은이여
끝없이 달리고 싶을 때 달려라

달리고 싶어도
달릴 수 없을 때가 조만간 오리니

결코, 후회 없는 삶을 위하여
끝까지 달릴 수 있을 때 달려라

반드시 고지에 선 자만이
누릴 수 있는 영예가 따르리라

그렇게 최선을 다한 결과는 적어도
좋은 것이라네.....

두타산의 전설

언제나 정상에 서면 나도 산이 된다
풀잎에 맺혀가는 아침 이슬처럼
눈에 맺힌 눈물방울 방울은 빛을 담는다

천 년의 전설을 빛으로 깨워갈 무렵
두타산은 세상을 떠받친 기둥이 되어가며
번뇌로 가득한 내 가슴은 산을 닮아간다

아 나 이제 은발의 세월 속에
동녘의 빛으로 베틀봉 솔잎에 맺힌
영롱한 이슬 같은 잔영 殘影이고 싶어진다

다시 찾아온 봄

봄은 먼 산으로부터 그림자 환영처럼
아지랑이 나들이 할 때 시작된다
대지를 깨우며
내 마음에 안개를 헤치고 찾아오는 가인,
몸은 세월로 한물갔으나
마음만은 봄바람에 옛날로 돌아가거늘
세월이 주는 윤회의 계절은

신의 공평함으로 봄의 향연은 눈물겹다
인연은 하늘이 정한다지만
그리운 이의 생각은 나의 몫으로
어쩔 수 없이 그 시절이 물밀듯 그리워진다네

그리움의 무게

어느덧,
만 가지 삶의 세월을 보낸 황혼길
시시포스(Sisyphus)처럼
그리움의 바위를 굴리며
생의 언덕을 넘는다

그리움의 무게에 눌려
본향으로 돌아가기 전
세월의 한기를 느끼며
노을빛 윤슬로는 가슴 깊은 곳으로
사랑을 품는다

때로는 밤새 내린
슬픔 같은 거센 빗줄기에도
망초 꽃 접시꽃 그리고 나팔꽃들이
솔바람 부는 노을길에서
여전히 나를 반겨 주지만

아쉬움 투성이같은 나의 삶
백 년 뒤에나 찾아왔어야 할
세상 나그네는
그리움이란 형벌을 지고
본향 길을 걸을 것만 같다네

삶은 꿈과 같다

봄여름 가을 겨울 그것은 세월의 장르였다
생의 장르를 넘기며 마지막 생을 향한 반복의 삶과 같다

어쩌면 봄에 피어나는 꽃들이 달콤한 꿈과 같으나
겨울이면 사라지는 것들로 죽음의 암시처럼 삭막해진다

종교는 죽음의 두려움을 잊혀가는 말씀의 진리라
신의 뜻을 깨닫는 데는 얼마나 많은 세월이 지나야 할까요?

낯익은 세월로 혼란스러운 감정은 스스로 정리되고
체념으로 만사가 익숙하여진다
죽음과 잠은 동일한 것처럼…

설악산 그림자

내 마음 중심에 '로망'의 태산 그림자 설악산
봉정암 새벽 인경 소리 신의 섭리를 깨우고
대청봉 아침 햇살은 생의 건너편을 바라보라 한다

영혼이 세상을 찾아올 때 기억을 두고 온 것처럼
바람은 가지를 스쳐갈 길목마다 삶을 매달아
세상 슬픔과 아팠던 과거를 설악에 묻고 가라 한다

눈가에 이슬 맺혀가고 가슴도 이슬로 젖고
이리 간들 저리 간들 안개 낀 세상길에
설악의 바람만 빈 가지를 자유롭게 스쳐 갈 뿐이다

내 영혼의 넋을 남겨두고 갈, 돌 하나 풀포기 하나,
육체와 세상 뒤안길을 함께한 영혼은 생을 접어
본향으로 돌아갈 시간에 아쉬움도 없는 것 같다네

얼굴은 영혼의 초상이며
　　눈은 영혼의 통역가이다

詩 공간 속에 내 시간이 들어있으며
그 시간은 그곳에 영원히 머물러 있다

그렇게 시간은 머물러 있으나
단지 내가 그 시간을 지나온 것도 같다

행복했던 한때를 기억하며
시간의 공간 속에 갇혀 세월을 속삭이며

과연 내 본성은 무엇이었나?
결국 무엇을 추구한 삶이었나를 사색한다

바람의 본성을 따라간 세월
내 얼굴이 삶의 궤적을 드러낼 뿐이라네

미완의 사랑

둘이 갈 땐 꽃길이나
홀로 갈 땐 미완의 길로 외롭고 고독하다

그러나 아름답게 피었다 지는 꽃처럼
한때여서 더 아름다운 추억으로 남는다

꽃이 아름다운 것은 화려함 때문이 아니라
일찍 지기 때문이라네 ……

기도는 홀로 선 내면이다

혼자 즐길 줄 아는 사람은 성숙하다
적당한 소통과 교류는 기쁨과 즐거움을 주지만
때론 타인과의 과도한 소통은 고통으로 다가온다

주름살 고랑엔 세상 씨앗들로 자란 숲으로 무성하나
그 세월 따라 사랑도 가고 미움도 가버린 채
젊음도 떠난 그 자린 노인만 남아 아쉬움에 젖는다

누군가를 좋아하고 사랑하는 것도 행복이지만
세월 따라 허무의 숲으로 사라져갈 뿐
적막 속에 고요한 기도 소리, 나 홀로 잠들게 한다네

물망초 勿忘草

해오라기 날개 끝에
이른 여름이 묻어올 때
금오도 비렁길은
내게 전설 하나 들려준다

선혈로 맺힌 가없는 이야기로
금오도 누운 비렁길엔
물망초 지천에 피어나고

상처받은 기억을 잊히려 비렁길을 걷지만
물망초는 눈물 먹은 해풍으로
제 분신을 날린다

꽃말로 피어나는 한 서린 서러움
나를 잊지 말아요,
바람 소리 눈가를 적신다네

하얀 그림자

긴 여운으로 남는 무색의 계절
메아리로 가슴을 맴도는 여운들로

추억의 보따리 속엔 찰나적 삶들로
지워져가는 생의 흔적뿐이다

상상력은 환상과 현실을 넘나들며
진실을 찾아가는 여정으로

퇴색되어 가는 궂은 세상에서
나 그리워할 그림자들이건만

영원한 사랑도 영원한 우정도, 이제
세월 끝자락의 하얀 그림자로 남는다오

70대 노인의 생각으로 계절은 칠십 대를 말한다. 하얀 그림자란 노인의
치매로 잊힌 기억을 말하였다.

선자령의 눈꽃

용모가 아름다운 여인 같다는
선자령
은빛 주단을 곱게 차려입었다
정녕 뉘 가인이 거닐던
하늘 정원이련가?

가는 겨울이 못내 아쉬워
정령들이 흩뿌려놓은
눈꽃의 축제 같기도…
잔가지에 걸린
춘설이 아름답다

나 또한 속절없이
가는 세월을 내 아내와
하늘이 펼쳐준
은빛 주단 길을
천천히 오래오래
거닐어 보겠다

인생무상 人生無常

호기심 많은 영혼이 아기로 찾아와
세상을 알고 싶어
끝없는 질문을 쏟아낸다

어쩌면 평생을
인생에 대한 학문을 연구로
의문을 채워가지만

인생이란 그렇고 그렇지
두루뭉술한 체념과
인생무상이란 고사성어에 기댄 채

인생이란 끝없는 의문만 남기며
끝없는 질문만 하다
수수께끼로 남는 것 같다

전도서 1장 2절 : 전도자가 이르되 헛되고 헛되며
헛되고 헛되니 모든 것이 헛되도다.

금수산의 사계

금수산은 하늘 강을 사이에 두고
봄이면 명주바람으로 할미꽃 피우고

봄 떠난 길목에 큰 숲은
뻐꾸기, 노랑할미새 여름을 물고 온다

가을은 천둥 하나 바람 하나로
산하를 불태워 긴 동면을 준비하지만

금수산은 순백의 이불로 억겁을 꿈꾸며
어제의 봄을 잊지 않는다네

세월의 강

세월의 강은 산을 넘을 수 없어
낮은 곳을 지향하며

수수께끼 같은 운명을 앞세우고
열두 계곡 굽이굽이 스쳐간다

무지갯빛을 깊은 곳에 담아
꿈을 키우며 세상 바다로 가지만

늘 만 가지 우여곡절을 겪으며
세상 바다를 흐른다네

시간은 정적으로 흐르고

난 많은 사람이 모인 곳에 가기를 꺼린다
소란스럽기 때문이다

난 다수의 사람과 걷기를 주저한다
그들은 늘 바쁘기 때문이다

모두가 내가 없는 듯 내겐
그저 걸어 다니는 허수아비만 보일 뿐이다

뻐꾸기 울음소리 아련하게 실바람 타는 곳
푸른 하늘 흰 구름 한 점 비추는 호숫가

시간이 정적으로 흐르는 곳에 머물 때
영혼은 자유롭고 빈 몸뚱어리 바위가 된다네

몽상가

바람 따라 산상에 안개는 저 멀리 물러나고
햇살 가득한 오늘을 생애 의미로 부여받는다

시간 따라 환경을 초월한 자유로운 꿈을 꾸며
자기영달을 위하여 혹은

세상으로부터 잠들기 위하여 나를 쓴다
詩는 영원한 자장가, 난 마지막 독자가 된다

인생을 두고 떠난 여행길, 들꽃으로 가득하고
순수한 자연의 선율로 영혼은 천상을 난다네

천상의 서정

음악은 내게 끝없는 마법의 길과 같다
걸어도 걸어도 지칠 줄 모르는 천상의 길
오감의 족쇄를 채우며 열린 귀로 순례가 시작된다

가슴은 두근거리고 이유 없는 눈물을 쏟으며
세상 밖으로 꺼낼 수 없는 나만의 사연들
거룩한 성체性體를 지닌 채 아팠던 길을 지워간다

당신의 사랑을 하루하루 가슴으로 채운 지 반세기
어쩌면 그 시간을 비워야 할 때가 된 것인 양
세상 모두가 슬픔으로 다가오기도 한다네

죽은 詩

또 하나의 작품을 완성하고
기운이 소진되어
깊은 수면에 빠진다

꿈속에서 조차
완성도를 높이려
퇴고를 거듭 하지만

또 다른 내가 뒤에서 소리친다
졸작이야!
아 영영 잠들고 싶어진다

구봉도 낙조

파도는 갯바위를 부딪쳐 바람 따라가고
세파는 가슴을 부딪쳐
기억으로 흔적을 남긴 채 세월로 사라진다

때로는 상처가 되어
멈추고 싶어도 멈출 수 없는 운명 앞에
원망의 세월 앞에 지치기도 하지만

저기 눈길 따라 마음 가는 곳
수평선 끝에 달린 황금빛 불덩이
어쩌면 내 가슴에 달린 미완성의 꿈만 같다

구름도 황금빛으로 물들고 가는 구봉도
아름다운 낙조는
아물지 않는 상처를 금빛으로 물들인다네

승무 僧舞

하얀 고깔, 희디흰 장삼 자락 고이 접어 나빌레라
파르르 파르라니
희다 못해 푸른 자락이 애처로이 허공을 난다

꽃 같은 너의 모습 사라져 한 줌의 재가 되고
영혼은 고요히 유영하는 듯

한 줄기 연기되어 슬픈 날갯짓이 장삼 자락 같구나

국화향기는 그윽한데 너의 모습은 간곳없고
쌓인 정만큼이나 쌓인 낙엽 밟는 소리만
내 심정이 부서지는 애달픔 같다

아 그토록 하늘조차 슬프도록 파란 날
세상에 대한 미련이 속절없이 버려질 때
고요한 바람 되어 나 또한 너의 곁으로 찾아 들리니

홀로
남겨진 내 모습은 줄 끊어진 연처럼 갈 곳을 잃은 채
너의 흔적으로 그리움에 흐느껴 울다 지친다네

지금은 금연 중

하늘을 닮은 마음이 있다
인연이 땅에 속한다면
배려와 사랑은 하늘에 속한 것이리라

하물며 피해를 주는 행위란
바늘 도둑이 소까지 넘보는 것처럼
인면수심으로 자기통제력을 상실한다

담배가 그렇다

비 수명을 늘게 하는
만병의 시작점이다
또한 담배 피우는 사람과의
입맞춤이란
재떨이를 핥는 것과 똑같은 것이다

정오의 그림자

해 그림자 짧은 정오
빛은 정수리로 내 가슴 깊은 곳을 비추며

노을을 걷는 인생길에
정오의 빛은 잃어버린 꿈을 기억하게 한다

세월 너머 사라진 줄 알았던 유년의 꿈이
빛으로 나를 일깨우며

어제 같기만 한 젊은 날들의 열정들로
시詩 한 줄로 가슴은 뜨겁게 꿈틀 거린다

잊고 살았던 꿈으로
정오의 길, 추억을 갈무리 하며 걷는다네

바람의 설악산

하늘을 닮은 설악산,
고개 숙여 옷깃을 여미게 한다
경이로움은
눈으로 보는 것만이 아니라
가슴으로 바라보라며
산 너머 댑바람 불어대고
백담사 계곡은
바람에 구름이 무리지어 흐른다

공룡능선의 아름다움과 실바람
흐르는 적막은 넋을 잃은 채
긴장은 해체되어가고
설악산 장승배기
피나무 가지,
노을에 물들 무렵
그제야 대청봉 일출에
미련 두고 돌아서게 한다네

별빛 내리는 밤

별빛 내리는 밤이면
세상에 물들어 가는 내 인생의
마음 밭에
서러움의 지뢰가 가득해진다

삶이 슬퍼서
나는 밤마다 안개 성을 꿈꾸며
그것들을
쓰고 싶으면 쓴다

검은색을
흰색이 대체할 수 없듯이
내 작은 인생을 다른 인생으로
바꿀 수는 없겠지만

천상을 스쳐온 바람결에
고독이 묻어날 때
그것들을 세상에
인생 여정으로 묻어갈 뿐이라네

고희古稀의 로망스

시작보다는 종점이 가까운 나이
한 줄기 햇볕이 따뜻하다

내려놓은 등짐으로 홀가분하고
버려야할 것만 남아 홀가분하다

지각해도 닫히지 않는 문을 향한들
비워진 마음은 담대함으로 변해 가며

늦었다고 누군가 차지할 수 없는 자리
애써 찾을 이유가 있겠나?

젊어서 망중한은 내일을 기대하지만
고희의 망중한은 그저 오늘이 행복하다

이제 누구의 부고가 있든지 지나치듯
무심의 눈길로 바라볼 뿐이라네

가을의 묵상

인생은 나무 한 그루 커가는 시간이다
세월 속엔 단풍드는 시간도 있었고
천둥 치는 하늘의 큰바람도 있었다

바람조차 미동도 없는 고요를 맞아
하늘의 소리, 내면의 소리
가을이 깊어갈 때 인생을 묵상하며

치유되지 않는 아픔으로 詩를 읊지만
진흙의 애절함이 연꽃으로 피어나듯이
서정의 한 점, 하늘 꽃을 피우고 싶다네

깃발은 늘 바람을 기다린다

저물어 가는 세월 속에
삶의 깃대를 세워 시詩의 표제標題를 달았다
감성이 변하는 대로 색깔도 빨주노초파남보

찢긴 깃발이 바람을 타고 감성의 세계를 날며
떨리듯 다가오는 감정들은 잔잔한 파도에 밀려
구름 낀 수평선을 향한다

깃발은 신세계 바람을 맞기 원하지만
하얀 감정은 먹구름에 반점으로 보일 뿐
세상은 내게 늘 허상의 색깔로 덧칠될 뿐이다

가슴으로 바람을 부르며 하늘을 부르며
슬픔과 고독을 노래하였으나 이제 그것들과
순수함으로 자연의 품으로 돌아갈 때가
점점 다가온다

연서 戀書

낙엽 지는 소리로 고독한 가을밤
세월이 남기고 간 심해의 추억을 인양한다

사랑의 마음 하나 얻기 위하여 밤하늘에
별처럼 촘촘한 연서들

쌓인 시간으로 은하수를
연정의 붉은 장미 넝쿨로 끝 간 데 없이 오른다

그렇게 세상이 나를 감출 때까지
외로운 돛단배 하나 은하수를 노 저어 가리라

된장 뚝배기

소반에 된장 뚝배기
정갈한 나물 반찬 몇 가지

낯선 이들이 둘러앉았으나
고향 맛 앞에 입맛은 형제들이다

깊은 뚝배기 맛에 마음이 열리며
가식과 허울을 벗은 채

고향 이야기부터 나이까지
호구조사가 이루어지며

형님 아우
그렇게 즉석에서 서열이 정해진다

그래서 한국인의 토박이 정서가
된장 뚝배기 아니겠나

구병산의 연정^{戀情}

억겁의 세월 동안 연정의
유성 조각들로 쌓인 아홉 봉우리 구병산

슬픔으로 물들고
연정으로 가을꽃들을 피우고

그리운 눈빛으로
여백의 겨울을 보내며 봄날을 꿈꾸는 산

하늘 아래 태산으로
건들바람을 맞으며 무심을 읊조리다

동장군이 찾아들 때 구병산은
꿈꾸던 천 년의 무서리 꽃을 피워낸다네

구병산은 암석들로 굴에서 새어 나오는 따뜻한 바람으로 늦가을 찬바람과 마주
쳐 수증기가 되어 근처 나뭇가지마다 무서리 꽃을 피운다. 때로는 멀리서 연기로
꽃처럼 보인다고도 한다.

백 년의 바람

고뇌의 세월이여
가시는 길에
나를 보시거든
때로는 못 본 체하여 저 가시구려

언젠가는 내가 죽어
촛불 같았던 세월을 예찬하리니
더도 말고
백 년 같은 날 바람 부는 빈들에서

서쪽의 노을 같은 백 년의 바람과
시린 가슴으로
안개처럼 사라지는 인생을 고이
이별하게 하소서…

우듬지 끝에 달린 단풍잎 하나
갈바람에 날리고
세월의 종점에 고독한 그림자 하나
무심의 날개로 끝없는 하늘을 난다네

초로^{初老}의 가을밤

깊어가는 가을밤
고뇌의 비가 내리는 만야^{滿夜}
가슴은 사색으로 물들고
달빛은 굴절된 삶을 비춘다

용이 승천하며
계곡에 뿌린 피로 흔적을 남기듯
내 가슴의 고뇌로
세상에 한 점의 흔적을 남기려니

깊어가는 가을밤
고뇌를 흘리지 않고서야
건널 수 없는 만야
은하수를 쪽배로 노 저어 간다네

추억의 빛깔들

바위에 부딪혀 산산이 부서지는 파도처럼
어제의 시간이
무지개 빛깔로 추억의 흔적으로 사라져 간다

시간의 종점에서
날 기다리는 죽음은 두렵지 않으나
따뜻한 기억들로 남겨진 추억들이 아쉬워진다

사랑하는 아이들의 대화가 그렇고
유달산 정상에서 보인 다도해의 풍경으로
아내와 경이의 눈빛으로 오간 정겨움이 그렇다

내일 찾아올 미지의 세상도 과거로 남겠으나
그리움은 가을동화처럼 단풍으로 물들고
겨울처럼 눈 덮인 세월로 냉정하게 사라지겠지…

자각몽

어제는 꿈같은 삶이었지만
오늘은 처음 시작된 삶이다
그러나 내일은
그날들로 기도한 삶이라네

발왕산의 서정抒情

시월 초의 발왕산은
단풍든 옷을 짓기 시작하였다
왕이 태어날 자리답게
주위에 산들을 발아래 두고

가던 가을을 멈추게 하려는 듯
겨울의 길목에서
계곡의 바람도 숨을 고르며
구름조차 스스로 낮은 자세를 갖춘다

지난날
잘난 것 하나 없이 살아온 영욕의 세월이
산과 마주하며
초라한 빈객으로 나를 보게 한다네

유달산에서

내가 닮고서야 서러워지는 유달산이라
기상을 가슴으로 담고
눈가에 이슬로 맺는다

갯바람과 구름은 내 영혼을 휘감아
영혼의 고삐를 산상의 마당
바위에 옭매이고

뭇 영혼들로 한 가슴 사연을 안고서야
비로소 내 영혼도
푸른 하늘로 불타오른다네

하늘조차 태양 빛을 구름으로 감춘 채
조각구름은 위패 되어
은하수 하늘을 떠돈다

그렇게 유달산은
뭇 영혼들이 머물다 가기에
예부터 영달산이라고도 한다네

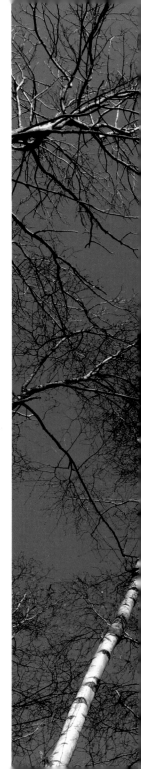

우주의 블랙홀

지구가 우주의 블랙홀에 빠지면?

콩보다도 작아진다고 한다

그렇다면 인간의 모습은 얼마나 작아질까?

전자 현미경으로 볼 수는 있을까?

그 속에서 인간은 서로 잘났다고 싸운다

권력에 군림하고자 하는 위정자가 그렇다

성찰 省察

저 멀리 볼 수 있는 혜안을 가졌다 한들
그대 천상을 바라볼 수는 있겠는가?

제아무리 능변을 구사한들
천상의 언어까지 능변할 수는 있겠는가?

능히 이것만으로도 고개 숙여야 하거늘
감히 세상에 큰소리칠 일이 있겠는가?

세월 간 자리 아픔은 남고…

가을 감성은
글 무당 되어
오색나비로 하늘을 날아
시린 가슴을 달래고

밤길 가로등은
무지갯빛으로 번지며
안개는
어떤 길목도 팔 벌려 막아선다

사색으로
아픈 언어를 벼리며
누구도 알 수 없는 고독으로
내면을 숨긴 채

무언의 욕망을 버린 지 오래이나
비운 가슴은 왠지
가을처럼 허전하고
공허하기만 하다

별들은 명멸^{明滅}하고

이끼 가득한 돌담의 비밀 정원
밤으로만 작은 등불로 내면을 불 밝힌다

바람 부는 스산한 가을 숲에서의 함성들로
거부할 수 없는 운명의 절규

정든 살붙이가 낙엽 되어 바람과 사라지듯
죽어가는 자아는 헤진 섶다리 같고

소금으로 절인 배추처럼
푸르렀던 정기는 찬바람 부는 세월로 시든다

정해진 시간을 두고 때를 기다리는 숙명
별들은 멸멸하고 바람에 별빛만 춤을 춘다네

섶다리는 통나무, 소나무가지, 진흙으로 놓여진.임시다리를 말하는데,
강을 사이에 둔 마을주민들의 왕래를 위해 매년 물이 줄어든 겨울 초입
에 놓았다가 여름철 불어난 물에 의해 떠내려갈 때까지 사용된다.

월영산의 여명

월영산 봉우리, 결 고운 아침 해는
억겁을 헤치고 온 빛으로
금강의 물길을 밝히는 여명黎明이라네

속세를 흐르는 금강의 온유溫柔함은
세상을 그리 살라 하는 듯
여명마저 윤슬로 세월의 바다를 향하고

세속의 이기로 가득한 부끄러운 민낯은
고통으로 금강에 흩뿌려져
단풍 물빛으로 동화되어 가을을 흐른다

때로는 월영산을 휘돌아가는 금강은
지난 의미 없는 삶을 나무라시는 듯
구름으로 세월의 그림자를 남겨 간다네

반추反芻

구월의 기도로 채색된 시월
가을의 붉은 서정을 가슴으로 내린다

잠시 머문 열정의 여름은
회색빛 이별로 아쉬움의 흔적을 남기고

길목에서 때 지난 영화를 반추反芻하며
대지의 영화를 꿈꾸지만

풀벌레 울음 멈춘 자리 낙엽 지고
꽂진 자리 서리꽃 피어나기를 침묵한다

여름은 마치 한 번 닫히면 그만인 문 앞에
서성이는 내 모습 같기만 하다

詩 냇물

생의 사계절이 스치고 간 추억의 상흔^{傷痕}들
어떤 것은 박꽃처럼 웃음으로 피어나고
어떤 것은 달맞이꽃처럼 만야의 눈물로 피어나기도 한다

그 추억들로 가득한 함지박에서 건져낸 가엾은 사연은
세월로 단절된 인연도 있었지만
기억은 詩 냇물로 긴 세월 이어지고 있다

봄에 머문 감성들로 세상에 없는 물 빛깔의 시간이란
엄마의 품 안에 잠든 내 모습으로
아직 천상에 머물러 천사의 모습뿐이다

그러나 세월로 세상 때는 덧칠되어 가고
드라마 같은 하루하루를 기적적으로 일군 삶으로
어느덧 노을 지는 들녘에 스산한 갈바람만 불어 맞는다네

태양의 그림자

내 영혼이 고요히 바라보는 저 너머 물소리
세월도 운명도 물처럼 유유히
때로는 소란스럽게 협곡을 흘러간다

가다 잠시 머물다 가는 호수엔 푸른 하늘도
흐르는 구름도 제 모습 비추며 흐르고
밤이면 달빛, 별빛들도 고요히 모인다

보이지 않는 깊은 곳에 사연 하나 묻어 두고
가벼운 마음만 둑을 넘어 강으로 흘러 흘러
거친 파도를 타며 피에로처럼 춤을 추고

드넓은 바다엔 뜨거운 태양이 내리고
밤이면 내 마음도 어둠으로 무너질 때라야
세상은 태양의 그림자란 걸 비로소 깨닫는다네

삶의 기차 여행길에

철길 옆 작은 초가집
저녁연기는 모락모락 하얀 연기
곱게 피어오르고

아이들과 소박한 식탁에 둘러앉은 행복은
사랑 가득한 평화로운 모습으로
완성되어 간다

꽃들은 저마다 소명을 다한 뒤에야
시든 제 몸을 밑거름으로
이듬해에 환생하겠지만

창가를 스치는 코스모스는
가냘픈 모습이 때로는 고독으로
눈길 스쳐 간다

철길 옆 작은 초가집 그리고 코스모스
내 마음 풍경으로
삶의 우듬지 열매로 매달린다네

내일로 가는 세월의 기차

청년이라는 어제는 결코 부족한 시간이 아니었다
오늘은 생존을 위하여 가쁘게 달려야 하는 중년이며
노년의 내일은 그날들의 결과이며
그날들로 산 같은 묵상(默想)으로 소망한 날이다

노년이란 인생의 이모작으로
어떤 이는 새 희망을, 어떤 이는 체념을 경작한다
내일로 가는 세월의 기차 속에 수많은 군상
당신의 일등석은 어디입니까?…

물빛 어린 기억 저편의 편린들이 창가를 스쳐 간다
인생의 소중함을 무심하게 지나친 저 세월
삶의 그림자는 그 세월을 서성이며
어떤 기억을 잊으려 애처로이 가상을 기웃거린다네

수변로의 여름 산책

오리들은 끼니꺼리를 찾으려 부리로 바닥을 헤집고
아이들은 잉어를 쫓아 이리저리 첨벙거리며 뛰논다

징검다리에 앉은 아이는 무언가를 유심히 관찰하지만
정작, 내 눈엔 아무것도 보이지 않는다

아이는 할아버지는 노안이라 안 보이는 거예요
아 보는 것은 눈만 아니라 마음으로도 볼 수 있는 것을

내게 깨달음을 주기에 오늘 그 아이는 내 스승이었다
오늘 수변로의 산책이 행복하다 아니 행복이 보인다네

방태산

사철을 사나이의 기상을 품는 곳
늙고 노쇠함은 두 번을 오르지 못하나
맑은 감성으로는 한 줄의 글을 재 올린다네

우울할 때 음악의 저장고를 열듯이
그리움으로 정 하나 불태우고 싶은 곳
끝없는 하늘 따라 그림자여도 보고 싶어진다

빈 가슴에 찾아드는 가난한 시어들의
꿀 바른 독침은 감성의 한계성으로
때로는 빈 가슴으로 먼 길을 떠나게 하지만

산은 가는 길에 빈 마음을 채워가라 하거늘
그러나 빈 발자국만 어지러이 놓일 뿐
내 마음은 빈들에 허수아비 닮아갈 뿐이라네…

노성산 말머리 바위

우중산행에 게으른 눈길로
산상을 바라보나 갈 길이 멀기만 하다
지나온 여정이 내 삶이었듯
저 산길도 가야 내 길일 것이다

정복의 상징인 산봉우리,
성공을 이루기 위한 인내와 감내
성실이란 길을 걷게 할 뿐이며
거짓과 가식으로의 지름길이 있을 수 없다

거친 들숨과 날숨에 살아있음을 느끼며
진실한 마음 하나로 노을 진 삶을 베어 문 채
오늘! 노성산 말머리 바위에 기대어
이 풍진 세상을 바라보리라…

숲새의 작은 외길

감정의 바다에 시성詩性이 파도친다
지금 나는 어떤 운명의 길을 걷고 있는가?
생이 슬플 땐 시인이 되기로 작정하며

상처 난 나무가 스스로 치유하는 것처럼
스스로 위로하고자 詩의 순례자로
아픔도 지워 가고 싶어진다

흔적들로, 추억은 영원한 것처럼
층층이 쌓인 세상 때를 씻고자
詩 속으로 사라진 존재이고 싶은 거라네…

빛바랜 山 사진 한 장

빛바랜 사진 한 장
무심한 눈길로 무심의 세월과 마주한 채

푸른 하늘 가득히 그 모습으로 채워 가고
추억으로 내 가슴 가득 채워간다

세월 갈수록 그리움은 짙어 가고
보고 싶은 마음이야 저 하늘만 하여지니

지울 수 없는 그 세월에 마음 걸어 놓은 채
그리, 눈 감을밖에……

초원의 햇살에 머문다

바람도 잔잔한 먹구름 사이로
쏟아지는 들녘에 햇살들

초원의 풀을 뜯고 있는
한 쌍의 사슴 머리 위에 앉는다

쓰라린 가슴으로
어두웠던 세월의 바람을 가른 여정

삶의 끝자락에서야
비로소 참 평화를 누린다

비 오는 날 아침
숲은 아름다운 연주가 시작되지만

서정적으로 들리는 빗소리
옛날을 긴 서정의 저녁을 쓰게 한다

한 뼘 부족한 삶을 음악으로 채우며

때로는 어떤 생각이 눈물을 고이게 하지만
눈물을 흐르게 하는 것은
늘 서정적인 음악이다

때론 삶에 지쳐 더는 갈 길을 멈추고 싶을 때도
생각에 젖어 꺼져 가는
감정을 깨우기도 하였다

홀로 여행하기를 좋아하는 나로서는
음악은 나의 친구이며
삶 일부가 되었고

젊어 들었던 삶의 향기가 어느덧
세월 지난 노년의 음악은
서정의 양식이 되었다

그렇게 한 뼘 부족한 삶을 채우는 음악은
생을 위로하며
꺼져 가는 마지막 불꽃도 되리라

The Elderly

바닷가 해풍처럼 그리움이 밀려올 때
수평선은 눈물로 포말을 만들고

밤이면 그리움의 사다리로 하늘 끝까지
슬픔으로 별 하나 가슴으로 품는다

바다로 숨어든 붉은 태양처럼
젊음의 열정은 세월 넘어 사라진 지 오래이며

하늘 창문 같은 달에 친구들의 모습들로
날마다 달이 차오르는 꿈을 꾼다

그렇게 친구들도 하나둘 별이 되어 가고
깊어가는 밤처럼 지병은 깊어만 간다네

생명엔 지장이 없으니까

2004년도 5월 5일에 장장 8시간 동안 4-5번 척추 핀 고정 수술을 받았다. 한 이틀은 칠성판에 묶여 있을 만큼 꼼짝도 해서는 안 된다는 얘기를 사전에 설명으로 듣고 배 안에 있는 모든 것들을 비워냈다. 덕분에 배변으로 인한 누구의 어려운 손길도 면할 수 있었다. 다음 날 옆자리에 급한 수술을 마친 환자 한 사람이 들어왔다. 잠시 후 마취에서 깨어난 환자가 소리를 고래고래 지른다. 척추 수술인데 왜 내 배에 수술 자국이 있느냐며 난리를 치자 의사가 급히 들어오더니 척추라고 해서 반드시 등으로만 접근하는 것은 아닙니다, 라는 설명을 듣고서야 그제서 안도를 하는 모습이다. 그리고 잠시 후 환자는 결국 배변으로 실례를 범하고 말았다. 그 몫은 간호하던 아내가 온전히 감당해야 할 몫이다. 얼굴은 못마땅한 표정으로 잔뜩 찌푸리며 알 수 없는 말들을 중얼거리며 겨우 처리하는 것이었다. 그런데 공교롭게도 내 옆에 두

팔을 깁스한 환자가 누워있었다. 그러면서 하는 말이 내게 두 팔이 건강해진다면 저보다 더 심한 것도 할 수 있을 텐데라며 혼잣말로 중얼거리는 것이었다. 순간 나는 모든 게 감사함으로 가슴에 가득 채워짐을 느꼈다. 며칠 후 친구가 내게 병문안을 왔다. 한참을 내려다보던 친구는 그래도 나는 네가 부럽다. 친구의 사정을 누구보다 잘 알면서도 짐짓 모른 체, 왜? 그러자 그는 그래도 너는 생명에 지장은 없잖니?! 그런다. 그렇다. 친구는 시한부 판정을 받은 암 환자였던 것이다. 그때 친구보다 눈물이 더 많이 흘렀다가 도리어 나를 위로하던 친구. 어느 날 그는 홀연히 그의 본향으로 쓸쓸하게 돌아갔다. 그가 가버린 한동안 나는 비가 오는 날에도 우산을 사용할 수가 없었다. 산자로서 비를 맞아도 생명엔 지장이 없으니까… 비 오는 날이면 그가 생각난다.

영원한 안식

운전자가 낡은 차를 버리고
새 차를 갈아타듯이

영혼은 늙은 몸뚱어리 벗어나
환생할 수 있을까?

누가 저승 다녀오신 분?
공허하게 외쳐 본들

이승으로의 소풍 길,
다시는 찾고 싶지는 않다네

운명은 침묵한다

짝 잃은 산비둘기 꾹 꾹 새벽 비를 맞으며
간밤에 잃어버린 시간을 입에 문 채
연신 목울음 울어댄다

내 나이 고희古稀를 지나며
무엇이 장수 식품이고
무엇이 장수의 습관인가?

아침 까마귀 울고 간 자리 불길한 흔적 남기고
까치 울고 간 자리 반가운 소식 전한다는
허구를 믿지 않는다

허구처럼 느껴지는 그것들에 가소로움이 느껴지며
이대로 온유히 살아온 대로
나만의 인생을 즐기며 살려니

The Beatles의
Strawberry Fields Forever가 생각난다
항상 생각해, 난 나야! 라고
내 가슴의 흑장미로 피어난다네

삶을 시구詩句로 채우며

인생의 바다에 삶이란 배 한 척
시구로 채우며 먼 바다를 항해한다

거친 바다를 항해하는 배는
적당한 무게를 갖추어야 한다

그럼에도 나의 삶의 배는 가볍다, 그것은
잃어버린 시간을 채울 수 없기 때문이라네

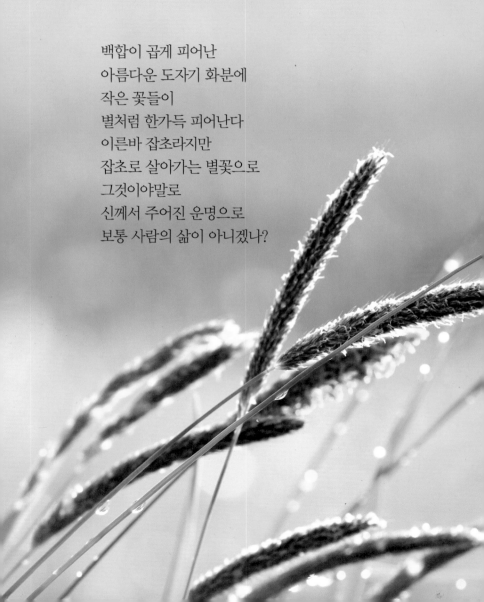

잡초

백합이 곱게 피어난
아름다운 도자기 화분에
작은 꽃들이
별처럼 한가득 피어난다
이른바 잡초라지만
잡초로 살아가는 별꽃으로
그것이야말로
신께서 주어진 운명으로
보통 사람의 삶이 아니겠나?

접시꽃 순정

모진 풍파에 찢긴 꽃잎 하나
벌 나비 슬픈 날갯짓으로 꽃잎을 맴돈다

치유가 어려운 마음에 상처를 견디며
슬픔과 고통으로 가슴을 저민 채

한 때의 열기로 가득했던 사랑이 아쉬워
여름 꽃으로 부활하였다

그때처럼 붉게 노을 질 무렵
사랑했던 영혼의 소식을 전해 들으며

붉은 태양으로 지는 부평초
한여름 花無十日紅 피고 진 사랑이었다네

삶의 기로^{岐路}에서

때론 삶의 갈림길에서 갈대 같은 생각들로
복잡한 심산^{心算}은 눈앞을 어른거린다

그렇게 흔들리는 생각들의 갈등은
자기만의 기준으로 자신만의 진실이 존재할 뿐

누구의 진실이 옳은지는 의미가 없다, 각자의
진실이 존재한다는 사실만이 중요할 뿐이다

아 물 한 모금 마시고 파란 하늘을 누워서 보니
푸른 바다를 보는 것 같다

흰 구름은 파도에 일렁이는 물거품 같고
나는 한 마리 갈매기로 세상 하늘을 날 뿐이라네

세월이 멈출 때 까지

내 마음을 세상의 부질없는 것들로 가득 채운 채
세월의 강을 거슬러 영혼으로 과거를 유영하나
살아온 생애가 세월의 조롱꺼리인 양
세상을 깨닫기엔 아쉬운 시간뿐 정만 가득 쌓여 있다

그녀와 많은 시간 속에 서로의 마음을 읽어 온 세월로
때로는 죽음을 감수하는 마음도 있었고
그녀를 표상으로 삼은 채 세상의 초상^{肖像}으로
살아야 할 명분으로 삼아왔다

생명이 다하는 그날까지 당신을 사랑하지만
더 많이 사랑하지 못해 미안하고
더 많이 베풀지 못해 미안한 마음뿐, 단지
아쉬움만 남겨 놓은 세월만 바람처럼 사라질 뿐이라네

오늘을 감사한다

초겨울 아침 햇살이
밤새 쌓인 꿈의 부스러기를 태울 듯 찬란하다

내 영혼마저 기지개를 켜게 하는 아침
또 다른 세상을 꿈꾸며 묵언수행^{默言修行}케 한다

또 다른 세월로 마음을 키우는 갈림길은
키운 마음만큼만 영가靈駕를 따라 본향 길을 나서지만

너도 가고 나도 가야 할 거부할 수 없는 본향의 길
그런들 현재를 가슴으로 맞으며 오늘만을 감사 하리라

고해성사^{告解聖事}

생을 반성하며 살아온 세월의 여정
실바람조차 사랑의 무게로 가슴을 스친다

장고^{長考}의 인생길을 돌아보면
고임돌은 아내와의 순수한 사랑이었다

때로는 아내의 헌신적인 순종의 미덕이
아픔 되어 울게도 하였거늘

산다는 의미 속에 필연의 사랑이 녹아
갈등은 가슴으로 용서가 되기도

어느덧
우듬지 세월에 울어버린 생애의 고해성사

그대와의 발자국마다 피다 만 꽃잎들
세상 끝으로 완성하여 첫눈에 흩뿌려지리라

조비산의 전설

조비산, 앉은 자리
전설로 샘솟고
恨 많은 야생화 가득 피운다

그리움의 날개인 양
점점이 초원의 안개로 다가온 산 그림자
햇살로 스러지는 이슬을 닮아간다

북망산을 바라보는 정상은
갈바람 맞으며 뻐꾸기 먼 길 떠날 때
이별이 서러워 울며 날고

가을이면 누군가의 설움을
눈물 한가득, 그리움 한가득
기러기 기럭기럭 울며 기별하기도 한다네

반신^{半身}의 감정들

인간만의 직립보행이 원죄인 삶 속에
때로는 천둥을 동반한 태풍처럼
예고 없는 불청객이 찾아오기도 한다

반신불수^{半身不隨}
근육이 굳어지며 내 의지와는 상관없이
팔다리는 불 위에 올려진 마른오징어처럼 비틀려 간다

감기지 않는 오른쪽 눈엔 감정 없는 눈물이 샘처럼 흐르고
반쪽의 미소는 태어나 처음 보는 낯선 표정이며
살아있는 화석이 되어가는 기분이다

아 본향으로 돌아가고 싶은 심정,
박제되어가는 반신은
결국 마음도 비틀려 가는 것이란
세월로부터
외면당하는 것 같아서라네…

죽음의 겸허

세월이 내게 손잡고 오는 것들
젊은 시절 소망하는 것들로
노력과 성공은 절대 공약수의 비례도
노년에겐 그저 공허한 예찬^{禮讚}일 뿐이다

내 의지와는 상관없이 찾아오는 것들로
그 자리엔 연민의 정으로

모든 것이 처음으로 돌아가는 것일 뿐
세월만 얼룩진 흔적으로 남는다

업적, 명예
도대체 그것들이 죽음 앞에
다 무슨 소용이람…
오직 겸허함으로 맞이할 뿐이 아니겠나?!…

– 하나 둘 우리들 곁을 떠나는 친구들을 보며

사랑할 수 있어 좋았습니다

홀로 걷던 오솔길
그대와 둘이서 걸을 수 있음에
외롭지 않은 길이 되었습니다

그대와
세월을 섬섬히 엮어
우리만의 밀어에 탑을 쌓으며

내일도
편안한 길을 걸을 수 있다면
난 그것으로 행복할 수 있으려니

그렇게
어느덧 반백 년
당신을 사랑할 수 있어 좋았습니다

월류정의 연가^{戀歌}

사색의 본질을 사유^{思惟}하기 위하여 찾은 월류봉
밤이면 달빛으로 물든 채 석천도 윤슬 되어 흐른다

월류정을 찾는 詩객의 소리 없는 영혼의 발걸음
그들은 어떤 생각들을 가슴으로 채워가며 살았을까?

그들이 걸었던 길을 답습하며 나도 늙고 병들어 가나
감성은 늙지 않는다, 다만 깊어 갈 뿐이라네

늦은 세월

늦은 세월 바람에
슬픔 한 점 고독 한 점 묻어간다
세월은 유유^{悠悠}하고
설산 봉우리처럼 머리엔 서리 쌓이거늘

정신은 육체로부터 찾아든다지만

어느덧 이순을 지나 종심을 지난다
수많은 세월의 흔적들로
이지러진 모습은 세월로도 외면당한 채

영혼의 울음만이 세찬 바람에 실려
통곡으로 하늘 문을 두드린다
까마귀가 줄지어 날지 않는 것처럼
언젠가는 그렇게 구천을 지날 것이라네

흘릴 눈물이 없어 홀가분하다

숲 속의 나뭇잎만큼이나
수많은 생각이 내 안에 상념으로 머문다

명분 없는 생명을 부여받은 채
영혼의 소리를 들으며 세상 숲을 지나지만

아귀다툼 속에서 슬픔의 소리
고독의 냄새를 맡으며 살아온 긴 세월은

실바람에 스러질 것 같은 예민한 감수성으로
영혼은 새털처럼 가볍다

그것은
세상에서 더는 흘릴 눈물이 없기 때문이라네

고성 전망대

신발을 고쳐 신고 옷깃을 여미며 바라보는 금강산
더는 가까이 갈 수 없는 것이 안타깝다

이쪽도 저쪽도
보이지 않는 삼팔선을 향한, 살기 띤 매서운 눈초리

똑같은 세월을 마주 하면서
인간만이 이념으로 무장한 채 네 편 내 편을 가른다

사랑 한 줌, 인생 한 줌

깊어가는 밤이면
달빛 솔가지에 감성을 달아 놓은 채
하늘의 별빛들을 맞는다

지난날
슬픔과 괴로움을 함께한 세월 속에
사랑의 감정을 소진하며 살아온
삶의 그림자

산바람으로 나를 부르는 달빛 메아리
별빛들로 사랑 한 줌, 인생 한 줌
새벽 종소리에 부딪혀
세상 넋으로 흩어진다

어느덧 닫히면 그만인 의문의 문 앞에서
여름을 알리는 소쩍새 울음만이
내 가슴의 심금을 울려줄 뿐이라네

금낭화

세뱃돈 모아두던 금 주머니 딸랑딸랑
허리에 달린 채 소리 내 흔들린다

할미 할아비 어머니 아버지
나의 재롱에 박수 소리 들린 지 엊그제

어느덧 세월 간 자리 할아버지가 되어
손자들에게 복 돈을 주게 되었다

밤하늘에 별들은 예전과 같거늘
가신 분들의 그림자조차 그리워지는 밤

어두운 밤 작은 별들처럼
초가삼간 양지에 피어난 금낭화

밤이면 금낭화 초롱불 밝혀 드리우리니
꿈길로 옛 길 찾아 내내 오시옵소서

그 너머 시간

임이시여
내가 깊은 이 밤에

홀로 임을 맞기 위하여
두 눈을 감겠나이다

내 마음에
고요를 불러들여

영혼과
생의 원점으로 돌아가

처음 얽힌 삶의 타래를
찾기 원하나이다

목가 牧歌

내 마음의 신세계 전원
너그러움의 어머니 품안처럼 그리워 가슴은 아리고
아련한 그 모습에 가슴은 눈물로 젖는다

이루지 못한 꿈은 저 멀리서 날 오라 손짓하지만
갈 수 없는 심정은 남은 생의 길목에서 애만 태운다
서러운 나그네 발길, 한 세상 돌아 그때나 찾아갈거나

눈을 감는다

당신이 나를 부를 때 나는 세상을 얻은 기분이었다
그러나 하루 만에 볼 수 있는
무지개 세상이 아닌 것처럼
당신을 이해하여야 했던
시간이 내겐 너무 짧았다
그런들 해가 지난다 하여도
결국 진실은 믿음이 아니겠나?!

따뜻한 날들은 지나고 공허한 세월로,
보고 싶은 마음이야
하늘같지만,
어차피 객관적 진실은 존재하지 않는다네
눈을 감은 세상은 어둡다 그러나 세월이 흐른 대도
보고 싶은 마음이야 하늘만 하니
차라리 눈을 감을 수밖에…

하루살이

산상의 햇살에 새벽안개 물러나고
맑은 아침이슬로 산새들
목을 축일 때

붓다의 화두로
세상을 관조觀照하며
가슴은 잔잔한 바다를 닮아간다

잠시 머문 시간을 기억하며
하루살이의 하루를
닫는 것처럼

나에게는
세상을 이해하여야 하는
시간이 너무 아쉽게 흐른다

그저 산사의 단청 채색이 아름답다
세월을 두고 가는
내 흔적도 그랬으면…

울림으로

산사의 낮은 새벽 종소리
고요한 산하를 깨운다

종지기의 자비로움으로
세상 문을 열어

하루의 삶을 참 진리로
선행하게 한다네

참 불심으로
드러내지 않는 향기로움은

구름으로 흐르고
바람으로 천 리를 흐른다네

천사로부터

오늘 아기 천사로부터
마음을 받았다

걸음을 걷기 시작한 지
얼마 안 된 아기에게

벚꽃 한 잎을 손바닥 위에
살포시 놓여 받았다

천사들에 순백의
마음이 달린 벚나무

그렇게 모습만 달리한
아기 천사

늙은이 가슴이 터질듯
감동으로 들불처럼 밀려온다

마음의 조각

햇살 내리는 숲 속에 서면
마음이 편하고
실바람 불면 가슴이 뛴다

새들이 노래하고
풀잎이 흔들릴 때면
그리움으로 가슴을 스치고

곤한 세상을 겪고
험한 다리 손잡고 건넌
사랑하는 사람이 생각난다

어쩌면 억겁의 인연으로
세상의 어떤 목적이 아닌
우린 서로의 마음 조각일 수도…

시인의 숨비소리

하루, 해 진 자리에 노을이 저리도 붉은 것은
미처 못다 피운 꿈으로
여느 영혼의 한 서린 불꽃이며
세상에 두고 가는 설움의 흔적이리라

세월로 노을 진 무명 시인에겐
숨어 우는 마지막 혼불이며
울다 지친 시인의 숨비소리 무너진 자리에
노을의 묵향으로 한 권의 시집이 놓이리라…

詩를 빚는 사람들

애틋한
감정을 詩로 빚어내는 사람들
진실이란 등불로 주위를 밝히며
겸손의 미덕을 발휘하는 사람들
그들로부터 연민의 정을 느낀다

때로는
그들의 깊은 감정들의 동질감으로
소중한 자리 하나 기꺼이 내 주며
가식 없는 죽마고우인 양
그날, 촛불 밝혀 밤을 지새운다

친구여
언제까지나 당신만의 철학이 깃든
아름다운 언어술사이기를 기원하며
아름다운 이들의 가슴으로 읊조리는
영원한 명시로 남기를 기원 하나이다

믿음의 진리를 갈구하며…

내 영혼 나비 되어 밤하늘을 날다 지쳐버린 날갯짓에
비바람에 찢긴 날개 사이로 조롱에 바람 지나고

별을 따기 위하여 영혼은 밤마다 하늘을 날지만
임을 부르며 손끝만이 못내 아쉬워 허우적거릴 뿐이다

꽃을 심고 느티나무를 가꾸고 바람을 부른들
진리를 깨닫기 위해 얼마나 더 많은 세월이 지나야 하나?

감정이 소진되는 그날까지 목울대에 울음을 매단 채
임을 사랑하고 임을 부르며 세월의 강을 지나지만

흰 눈 위에 붉은 동백꽃 송이들로 흔적을 남기며
오늘도 햇빛 같은
믿음의 진리를 갈구하며 잠들어 가리니…

마태복음 6장 33절 : 그런즉 너희는 먼저 그의 나라와 그의 의를 구하라. 그리하
면 이 모든 것을 너희에게 더하시리라.

영감靈感의 길목에서

목련은 봄이 되어 가인의 꽃들을 피워내고
그리움 쌓인 내 마음속 동화는

감성에 달린 눈물로 먼 산봉우리를 바라보며
내일로 가는 길목을 서성인다

굽어진 인생의 지도를 스케치하며
어떤 운명이 날 맞을지 발길을 멈춘 채

생각을 정제整齊하며
고독한 영혼의 여행은 오늘 밤도 시작된다

고독한 삶의 나그네
영감의 길목에 설은 이야기를 흘려놓는다네

설중매

설중매,
밤새워 내린 눈으로
하얀 눈물을 흘리며

한 뼘 지기
봄 햇살 동안에
그리움을 피어 낸다

주검처럼 차가운
동 터에서
별을 보기 위해

가슴에 별 하나로
밤하늘을 헤매지만
그때의 별은 보이지 않는다네

금모래 바닷가

여름날 추억 남긴 자리마다 채송화는 피어나고
수많은 모습으로 어우러지는 조약돌처럼
이야기 꽃말들로 세워진다

견우직녀 달이면 언제나 세월의 징검다리 건너
노인의 마음은 동심으로 돌아가고
추억의 시냇가엔 동무들의 옛이야기로 흐른다

가슴 깊이 감추어 두었던 나만의 감성으로
그리움 찾아가는 타오름 달의 금모래 바닷가
그제야 동무들 나만의 비밀 본부로 소집한다네

소금산 잔도

돌아보지 않는다는 불변의 원칙을 저버리고
또 한 번 소금산으로 발길을 돌려세웠다

고소공포증의 두려움에 생각을 멈추게 하는 잔도
말 없는 산하는 네 삶이 고요하였느냐 묻는 것 같다

하늘에 잔별이 쏟아져 내리는 모습은
내 영혼 위로함에 가슴은 또 한 번 눈물로 젖는다

양심보다는 욕심과 비양심의 무게로 출렁이는 다리
버려야 할 것들로 가득한 내 안이 소란스럽다네

침묵의 절규

침묵의 내면은 소란스럽고
가슴 무너지는 소리로
별을 부르다 지친 영혼이 슬피 울다 지친다

세월의 지우개로도 지워지지 않는 서글픔을
꺼져가는 불꽃같은 생명으로
광야를 헤매다 강 건너 별을 해일 때

병든 육체의 허울은 영혼의 감옥으로
끝없는 자유의 함성이 들린다 그렇게
허구를 벗고 영원한 자유를 날고 싶어진다네

불멸의 여정

종심從心의 여정을 달려온 나그네
본향으로 가는 언덕배기를
가쁜 숨 몰아쉬며 힘겹게 오른다

간이역 지나 종착역에 다다른 나그네
낡은 허울은 흙으로 돌려보내고
영혼은 본향으로 돌아가려 한다

영혼만이 영생으로 가는 불멸의 여정
하지만 어떤 여정을 향할지는
아직, 나도 모른다네

봄은 별 하나로…

가인과 같은
목련이 봄이 온 것을 알려올 때

마을 어귀 장승은
바람난 얼굴로 봄날을 서성인다

늦은 밤
소소리 봄바람은 상처를 스치고

파도를 넘는 그리움은 별 하나,
가슴으로 내린다네

세월의 침묵

세월의 침묵이 남긴 흔적들
밤이면 달빛이 내리고
별들이 소곤댄다

가슴은 그리움으로 아련하게 물들고
추억들의 숲 속에 갇힌 채
미로를 헤맬 때

책장 구석에 자리한
낡은 사진첩 속 친구들
록 밴드 공연장의 함성들…

어느덧 모두가 사라진 고요한 침묵만이
삶의 마침표로
세월 그림자를 지워 간다네

나만의 신

흐르는 세월로 육체는 늙어 가지만
영혼은 결코 늙지 않는다

주검으로 육체의 삶은 마감 되지만
영혼은 자유로 부활 한다

그렇게 나만의 믿는 신의 이름으로
때가되면 그곳에 머물 것이라네

얼음새꽃

눈보라 치는 세월로 지쳐가는 마음
미움이 눈처럼 내릴지라도

세월 속의 미운 정 고운 정 쌓인 자리
얼음새꽃은 고이 피어있다네

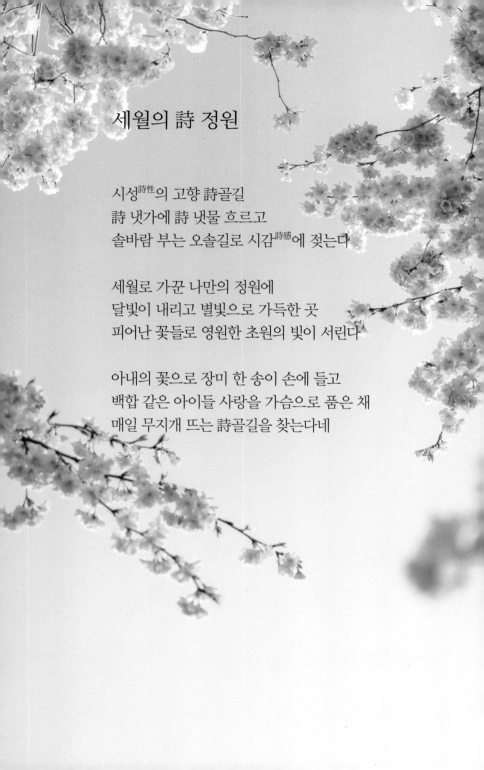

세월의 詩 정원

시성^{詩性}의 고향 詩골길
詩 냇가에 詩 냇물 흐르고
솔바람 부는 오솔길로 시감^{詩感}에 젖는다

세월로 가꾼 나만의 정원에
달빛이 내리고 별빛으로 가득한 곳
피어난 꽃들로 영원한 초원의 빛이 서린다

아내의 꽃으로 장미 한 송이 손에 들고
백합 같은 아이들 사랑을 가슴으로 품은 채
매일 무지개 뜨는 詩골길을 찾는다네

삶의 여행

인생은 삶의 여행이려니
꿈같은 세월이 지나 어언 종심의 간이역을 지난다
여행길이란 따뜻한 햇빛만 비치는 것이 아니라
비바람도 만나고 흙먼지 가득한 풍진도 만난다

사는 동안 내면의 곳간에 쌓이는 것도 있으려니
그 중 삶의 자양분 같은 것도 있겠지
그러나 기억은 서녘 노을 지는 그곳에 자양분이란
빛바랜 추억을 걸친다네

까마귀 나는 서쪽 벌판에서 바람맞으며
기억들이 허수아비처럼 노을을 향한 채
어떤 기억은 오색 비단으로 장식되어있으나
어떤 기억은 상처뿐인 것으로 회한에 젖기도 한다네

용서하소서

임이시여
비루하나, 내 생의 남은 시간을
소중하게 하소서

삶의
진리를 추구하며
힘겹게 달려온 시간이었나이다

하지만
소용없이 길에 흘려진 시간으로
가슴은 미어지고

눈물로
자복自服하나니
어리석음을 나무라지는 말아주소서

생애 최고의 날들로 정령
임의 말씀으로
내 영혼이 위로받을 때를 기억하옵소서

멈춰버린 자유

지루함은 지나간 시간에서 스치고, 희망은
기다림으로 내일의 시간에서 다가온다

구름만이 산 넘어 부는 실바람으로
구속을 벗어버린 영혼처럼 유유悠悠하고

팬데믹 화살촉에 찢긴 자유의 날개는
정처 없이 흘러가는 구름이 마냥 부럽구나!

악령의 바이러스는 교차로 적색 신호등처럼
자유에 발길을 언제까지 멈추게 할 것인가?

시리우스

밤마다 수많은 시선을 거쳐 간 별 하나에
내 시선도 밤이면 거기 멈춘다

사랑하는 사람의 시선이 머물기 때문이며
별 하나에 부쳤던 수많은 연서, 그리고 맹세

나는 그렇게 별 하나에 영원히 갇혀있다
그대 눈동자, 시리우스 유성이기 때문이라네

여명의 진실로 눈을 뜨다

세속의 고뇌 쪽에 무게의 추가 달린 채
바람에 베어진 고독의 상처는
어둠으로 부풀고 터진다

삶에 지친 가슴을 부여안은 채
별을 부르고 달을 불러내어
사색의 숲길을 동반하지만

즐거움과 행복의 의미를 거세당한 채
그곳에선 검은 망토를 두른
나목들만이 나를 반긴다

나는 누구인가? 나만의 진실은 무엇인가?
서늘한 가슴으로
어떤 생각을 하늘만큼 키워 낼 무렵

여명이 어둠을 물리칠 무렵에야
새벽안개로 눈을 가린 심령은
그저 자신을 돌아보게 한다네

역마살

거울에 비친 역마살
흘러가는 구름처럼 더는 마음 두고 머물 곳이 없다

세월에 의지한 채
발길 닿는 데로 따로 추구할 것도 없이

그저 심중 가는 데로 조상의 마음을 나눠 받은 채
삿갓과 죽장에 내면을 감추고 길을 걷고 싶다

고루한 세상 뒤로한 채
정제되지 않은 여행길을 지치도록 걸어 보고 싶다

詩의 등불

이따금, 시인은 아름다운 언어로
세상을 표현하기를
의무처럼 느껴지기도 한다

시간의 정열에 따라
한 줄의 서정을 쓰기 위하여
심령의 미로를 헤매지만

슬픈 감성의 벽을 마주할 때
봄을 깨우기 위하여
서정은 칠흑의 밤을 헤맨다

가슴으로 품어 온 세월 속에
봄은 가고 여름도 가고
낙엽을 떨구며 겨울만 남을지라도

내가 아이들을 대할 때처럼
사랑으로 가득한 가슴으로
서정과 마주하게 하며

때로는 천사의 눈빛으로 침묵을 사랑하고,
그저 아름다운 세상을
말할 수 있기를 소망하는 것이라네

여행은 인생의 스승 같다

여행은 인생의 스승처럼
현세에서 다른 삶을 살아보는 소중한 경험이다

그런즉 어린 시절로 돌아가 운명의 갈림길에 선다면
지금까지 걸어온 이 길을 또다시 선택할 것인가?…

아닐 것 같다, 그 옛날 두 귀가 있어도 듣지 못하고
두 눈이 있어도 보이지 않았던 우매한 삶이었다

생각은 행동을 따르게 한다고 한다
미숙한 생각과 어리석은 행동, 내 스승은 가난뿐이었다

비바람에 바위가 깎이듯 억장이 무너지는 소리
내 안에 천둥소리가 어떤 기억을 지우려 안간힘을 쓴들

그곳엔 쓰러지지 않는 지난 세월의 장승이
어리석은 나를 언제까지 내려다보고 있는 것만 같다

임인년 해오름달 하루

새해, 떠오르는 아침 해가
여느 날과 다름없거늘

마음만은
여느 날과 다른 것은 왜일까요?

그것은
사랑으로 해묵은 허물을 지우고

새로 시작하여도 좋다는
관용寬容 때문이 아닐까요?

그렇게
희망과 소망이란 새 그릇에,

여러분
福 많이 받으시길 기원합니다

삶의 여정

눈물은 감정의 산물이지만
내 감정의 발원지는 서정의 음악으로
감수성은 감성의 선율을 놓치지 않는다

언제나 가슴으로 느낀 감성으로
일상의 기적을 맞지만 어쩔 수 없는
아쉬움은 공허함으로 또 한 해를 보낸다

고개를 들어 하늘을 보며
무거운 발걸음을 끌며 예까지 왔지만
어느새 그 길은 천리만리가 된 것 같다

너 자신을 알라는 소크라테스의 말처럼
삶을 알아가는 먼 길이란
결국 깨닫지 못할 긴 여정인 것 같다

詩는 장미로 피어나고

삶의 길가에 피어난 장미 한 송이
장미 향기를 가슴으로 품는다

언제나 명상으로 봉오리 맺으며
가슴에 흐르는 눈물로 피어나지만

어제는 붉은 장미, 오늘은 백장미
꽃잎은 눈물 같은 이슬로 젖는다

그러나 진정 아름다운 장미는 내일
속절없이 홀로 피어나리니

하늘의 여명으로 내릴 것이며
눈부신 무지갯빛으로 피어나리라…

추억은 그리움을 싣고…

차가운 달빛, 호수에 내린 밤하늘에 별은
사랑하는 이 눈동자가 반짝이는 것 같다

밤하늘 별들은 내게 쓸쓸한 미소를 보이고
빛을 잃어가는 삶 속에서 추억은 나를 찾아든다

겨울이 가고 봄이 오는 것처럼
내 삶에도 그런 봄 같은 시절이 있었지만

어느덧 늦은 세월 속 객석에 앉아
밤하늘을 바라보니 텅 빈 무대를 보는 것만 같다

가오리

남해안
항구 도시 어느 촌락 양지바른 앞마당

햇살 드리운 곳에 돗자리 깔고
가오리 대 여섯 마리 나란히 누워있다

마지막 먹이를 입에 문체
강태공의 줄에 달린 가엾은 가오리

꼬리 잘리고 뱃속이 텅 빈 채
공허한 눈동자는 푸른 하늘을 바라본다

햇빛에 제 몸뚱어리 구워내며
마지막 가는 순서를 기다리는 중이라네

세월의 주름살

오랜 세월의 쟁기 자국들로
얼굴엔 고랑으로 깊게 패어 있다
젊은 날 애틋한 애정도 심었고 꿈도 심었던 흔적들

소원은 민들레 홀씨처럼 세상에 흩날리고
신이 맺어준 고마운 인연의 손자들은
어느덧 재목감으로 기상도 늠름하게 자라고 있다

그러고 보니 세상은 살만한 가치가 있는 것을
그렇게 세상의 소임을 다한 인생이란 누구나 그렇듯
영원한 안식의 은빛으로 덮여가는 것이 아닐까?

꽃 뫼

세상에서 어떤 위로함도
내 깊은 가슴으로부터
슬픔의 중력을 거스르지는 못할 것 같다

잠들어야 할 시간은 점점 다가오고
못다 한 시간은
슬픔으로 노을처럼 물들어 간다

멈출 수 없었던
젊은 날의 꿈은 저 멀리 사라지고
이상理想은 공허함으로 채워져 간다

이제 제풀에 지쳐가는 가련한 숙명宿命 속에
동박새 울고 간 자리
동백꽃들로 붉은 꽃 뫼가 되겠지

그러다 잎새 달에 불어대는 꽃잎 찢는 바람으로
꽃 뫼는
흔적도 없이 산산이 흩어져 가리라

내가 부를 이름들로

까치 방 창문으로 맞는 세상의 아침은
희미한 산등성이 실루엣이
하늘과 경계를 나누기 시작한다

밝아오는 투명한 가을 하늘이 아름답다
그러나 하늘이 푸르게 보이는 건
내가 부를 수 있는 이름들이 있기 때문이다

사랑의 이름으로 가족의 이름으로
오늘도 내가 부를 이름들이
산 넘어 햇살을 타고 가슴으로 스며들 때

날마다 그들의 이름을 부르는 기적의 삶은
가족들에 사랑의 수필이 되고
내일은 그들로 소망의 詩가 된다네

고해告解

가을은 지난 봄 여름의
한바탕 꿈으로 얼룩진 흔적으로 남는다

갈바람 소리 처량하고
단풍든 낙엽은 바람에 갈 곳을 헤맨다

잃어버린 것이 있는 것 같지만
무엇을 잃었는지 알 수 없이 지나온 시간

초겨울 낙엽 진자리 서리꽃 피어나 어느덧
고해告解의 시간을 맞는다

영적靈的인 의식으로 잠들 시간
마음은 조각조각 부서진 채 잠들어 간다네